每一粒光子的轨迹

杨克 著

中国工人出版社

时间轴转动当中的新鲜诗意

——“工业诗丛”总序

霍俊明

未来已来，预言是对接舱口

——杨克

新的秩序和前所未有精神的焕发

——桑子

时位移人，诗随世变，诗歌应该成为最纯粹最自由的“动词”用来应和时间轴的转动，在每一次时光流转和时代更迭中新鲜的诗意也相应而生。众所周知，每一时代的“诗意”“诗性”以及诗风是有一定区别的，比如古典的农耕文化和乡土文明就与当下城市化、速度化、媒介化的现代性景观的“诗意”迥然不同。我们尤其要注意到在现代性的进程之中，复杂的崭新的时代经验都应该是诗歌以及文学中“诗意”的重要构成部分。此次中国工人出版社推出的“工业诗丛”让我们再次聚焦诗歌与时代的交互，围绕“工业诗歌”或“工业叙事”展开相关讨论。

1.

任何一种“主题写作”都要尽量避免社会学的知识套用以及伦理化和道德化的发声优势，诗歌写作没有任何终南捷径可言，蹭热度的跟风式写作最容易被时代与人民抛弃。我们最终衡量作品和作家的标准永远都是历史性和美学性的融合，二者缺一不可。对于诗歌创作而言，“诗”“诗性”“语言”是第一位的，这也正是我近年来一直强调的“诗性正义”之所在。

显然，与新时代、新科技、新产业、新行业、新材料、新能源等密切关联的主题创作正在成为新的生长点。此次纳入“工业诗丛”的有杨克的《每一粒光子的轨迹》、凸凹的《怀揣手艺的人》、桑子的《向天空拉满弓》以及王二冬的

《该怎样将一个快件递给你》。他们通过各自差异性的视角、观照区域以及抒写方式为我们展现了新时代背景下“工业诗歌”的新景观以及新鲜的诗学和社会学话题。这些诗歌为我们认知科技新变、行业动态、工人群体精神样态以及新工业的机制、生态、场域提供了多样化的切口和路径，一定程度上也为我们提供了具有新质的现实经验和诗歌经验。

工业转型是时代转型的一部分，而时代转型也必然影响到行业从业者的人生观、价值观、世界观，必然影响到每一个创作者的心态以及日常生活的方方面面。从传统工业到新工业以及后工业，越来越多的新的时代经验迎面来到诗人面前。那么，诗人该如何有效地通过诗歌的形式来回应、处理、转化和提升时代经验进而传达出新鲜的文学经验？这是每一个诗人必须面对的现实难题和诗学命题。时代巨变使得工业以及相应的话语场都发生了动态变化，而具有时代感、现实感和求真意志的诗人有责任来面对和发现新工业与时代以及每个人的内在关系和深层心理机制。

杨克是二十世纪五十年代出生的诗人中最早关注城市以及工业的诗人，甚至早在 1985 年他就对厂房、工地、水电站大坝、截流、搬迁、操作架以及工人的命运予以了“提前量”式的深度观照。这与其生活、工作的经济发达的广东显然有直接关联，当然更重要的在于一个诗人超常的敏感程度和发现生活的意志。时代更迭，江山新变，在杨克这里古典化的诗意“唯见长江天际流”已经在不期然间转化为由华强北、高铁、大国重器、跨海大桥、悬索桥、自动化码头、机械臂、无人机、云时代、人工智能、大数据、人机交互、虚拟现实、卫星星链、纳米、芯片、光子、质子、量子纠缠、基因胚胎、暗物质等构成的前所未有的新工业化的图景和现代性的诗性内核。显然，诗人为我们打开了一道崭新而奇异的时空之门，未来已经成为诗人关注的时间轴。

引力波连接百亿光年星系
我与宇宙里无数个遥远的我
人机交流，而月亮的真相

想象力在唐朝就提前抵达

恍惚中，我们从十维空间
再度重临曾经的世界
戴上多 D 炫彩眼镜
我看见暗物质，周围如此精彩

——《在华强北遇见未来》

在这些关注时代、工业以及科技新鲜图景的诗作中，杨克既是一个好奇者、凝视者、介入者，又是具有反思精神和人文情怀的深沉歌者。这印证了无论面向传统、历史、现实还是新变以及未来，诗人为我们提供的应该是具有共情空间的想象共同体，而非浅层的外在描摹、镜像反射以及新鲜时代词语的搬运工。

2.

杨克诗集中有一首诗《大国工匠》，凸凹的整本诗集《怀揣手艺的人》都是对这一题材的叠合抒写。凸凹将 60 位中国工匠以诗化和整体化的方式呈现出来，他们的群像也构成了极为生动的历史景深以及时代表情。值得注意的是凸凹是从历史与现实的双重维度来深入对话这些中国工匠的，无论是在时间跨度还是行业广度上都对诗人提出了非常高的要求，如果没有广博的知识、相关领域的研读以及相应的感受和想象是无法有效完成这一写作任务的。应该说，凸凹在侧重工匠精神的前提下呈现了各行业领军人才的杰出禀赋，“工匠之为工匠，是他比常人多一只眼，多一只手”（凸凹《从工匠到工匠》）。与此相应，每一首诗正文之前的与抒写对象相关的材料介绍起到了“传记”式的历史效果。因为这些诗都是以人物（劳动者、劳模、工匠）为抒写中心，所以诗歌体现出个人化的历史想象力和求真意志，诗歌的历史感、命运感以及人物的可信度也因此得以大大提升。据统计，全国 7.7 亿就业人员中技术工人 1.65 亿，其中高技能人才 4700 多万。从制造大国到制造强国、从中国制造到中国智造，这对行业人员尤其是技术人员提出了更高的要求。在凸凹的诗集中，从水利工程、杂交水稻、农艺、评茶、錾刻、酿酒勾兑、敦煌壁画修复、古籍修复、家具修复、烟机修理、钢琴音板、钳工到医师、内镜微创治疗、慢走丝、地质钻探、石油钻探、铁路隧道建筑爆破、桥梁轨道、压电陶瓷、石墨坩埚、核燃料修复、焊轨、数控铣床、无线电装接、集成电路装调、光纤光缆、电网检修、现代火箭、航天科技、航天焊接、航空车削，其繁复以及陌生程度简直如同万花筒令人目眩。

这把刀
可以拿最硬的家伙开刀
可以让万物飞旋如太阳神鸟

这把刀
可以挟持极寒
压抑酷热

可以把一个薄字
无限切下去

让它

薄得

可以透过大气层最熹微的光

照亮最阴暗的物事

——凸凹《刀的道行——致航空车削高级技师王浩》

凸凹这些带有惊异阅读效果的诗正是得益于谱系性诗歌所携带的精神载力、行业魅力、工匠技艺，得益于这些超凡工匠所激活的诗歌世界当中崭新的时代经验以及语言经验。《论语·述而》："志于道，据于德，依于仁，游于艺。"凸凹将工匠们的技与艺提升到了"道"的高度，"术到极致，几近于道"，即所谓的"技道合一"。这些工匠的技艺不止合乎于道，而且这些技艺是有灵魂刻度的，是有生命体温的。值得强调的是凸凹的这些主题诗作也在一定程度上体现了"工匠精神"，这些诗的时间跨度长达三十五年（1987—2022），而诗人在情感、经验、修辞、语言、技艺以及想象力等方面也突出了精益求精的品质。更为重要的是凸凹对工匠精神有着非同一般的情感认同。在他的家族中，祖父、父亲以及两位伯父都是技术工业人员，而凸凹本人在中专技校和大专学的都是机械制造专业，还曾在三线航天基地工厂当过多年的刀量具设计员、工厂规划员。由此，凸凹就具有了双重身份，既是一位行业工匠又是一位语言工匠，这本诗集正是名副其实的“工匠”向“工匠”的致敬之作。

3.

杨克的《矮寨悬索桥》《基建狂魔借黑科技上天入海》《跨海大桥，或献给港珠澳》是面向基建的，桑子的诗集《向天空拉满弓》则是集中抒写历史与现实贯通当中的中国桥梁文化。比较有意思的是桑子的《矮寨特大悬索桥》可以与杨克的《矮寨悬索桥》对比阅读，看看同题材诗歌之间的差异和特性。

无论是大时代还是小时代，都有诗人在抒写那一时代的史诗进而成为“诗史”的化身，伟大的桥梁文化同样需要伟大的诗篇，桥梁也成为现实和诗歌的双重载体。迄今为止，国内还没有以中国桥梁为承载体的工业主题诗歌集，桑子的诗集则填补了这一空白。中国桥梁文化源远流长，尤其是新时代以来中国的道路建设、桥梁建设展现出前所未有的活力和膂力。一座座形态各异、技术高超、难度翻倍的桥梁跨越高山、峡谷和大江大河，它们通向世界也通向历史和人心。因为工作的原因，桑子几乎天天与桥梁和道路打交道，她对桥梁建设怀着非同一般的情感。正如她所言："作为一名公路桥梁的建设者，我有幸看到了一条条道路以及一座座桥梁的建设过程，一座座桥梁诞生的过程也正是新科技、新工业的历史显影的过程。我有幸一次次去过那些工地，也得以更深层次地去面对、观察、感受和言说这些桥梁的世界。在这种真切的个人化视角的田野考察中我一次次置身于这些钢铁构建和水泥混凝土以及高科技材料当中，我尽力地让自己匍匐得更低，从而更为真切地去记录那些很有可能迅速消失在历史长河中的景象，倾听那些宏大或幽微的声音。”（《我要努力写出的是桥梁“史诗”》）桑子的桥梁叙事不仅关注历史与时代的互动而且强调个人与历史、传统、现实的深度全息对话。她更为侧重内在的精神剧变和心理渊薮，以隐性而又丰富的充满张力的情感故事、人物形象、历史维度、时代视角来构架，显性和隐性构成双层叙事结构。桑子的中国桥梁叙事印证了特里·伊格尔顿所言的文学创作首先是个体的精神事件，围绕着桥梁这一精神场域，诗人生发出历史的声音、时代的声音、桥梁建设者的声音。与此同时，这也是宏大时间背后那些更为细小也更为动人心魄的自我的声音、生命的声音以及自然万物的声音，“仿佛是所有人的命运／我们向北向南／不断与过去和未来的自己重逢”（《伶仃山外伶仃洋——伶仃洋大桥叙事》）。桑子的诗歌话语方式与一般意义上的“女性诗歌”有很大差异，她总是能够在略显宏大的题材和抒写中（比如战争、文化、工业建设）彰显出充满智性和想象力的奇崛空间，她处理、转化和内化历史的能力尤其令人称道。对于桥梁文化，桑子感同身受。这不仅因为她自身行业工作的原因，而且在于她的故乡绍兴本身就是一座桥乡——八字桥被认为是中国的第一座立交桥，所以她的桥梁叙事中出现了诸多与绍兴、浙江有关的桥梁文化元素。工作与故乡文化融合，这就使得桑子与桥梁之间形成了近乎灵魂和命运般的内在呼应和深度交谈。她所抒写的桥梁无论是历史层面的还是现实和技艺层面的，它们都携带了生命内核以及时代的全息影像，这些桥梁也成为大地、高山和大河之间的血脉或信使，成为打通历史、世界、现实以及未来的精神共同体，“每天向天空拉满弓 / 万矢齐飞 / 从我们广阔的国度 / 从无数个世纪出发”（《暴雨中的工地宿舍》）。

4.

杨克的《接单何须问峰横》是献给京东五台山营业部的两位快递小哥孙磊磊和刘伟的，王二冬的诗集《该怎样将一个快件递给你》则聚焦整个快递行业，甚至这几年王二冬已经被贴上了“快递诗人”的标签。

实际上，每一个从业者都是时代叙事的主角，正如王二冬在诗集的序诗中所强调的，“你正参与着这些诗篇的创作／它们源于火热的生活”（《致读者》）。王二冬的“快递”诗篇印证了诗意与行业的深刻呼应关系，诗集的四个小辑“收”“转”“运”“派”与现实当中的快递业务流程直接对应，这是名副其实的“现实诗意”。而作为附录部分的“诗解常用快递术语”则以“关键词”和“词典”以及“四行诗”的形式打开了快递行业及其业务流程的多层次空间，包装填充物、电子运单、分拣、封装、即时快递、快件、冷链快递、逆向快递、取件码、手持终端、无接触快递、循环包装箱、异形件、验视、智能快件箱等这些日常生活中人们熟悉或陌生的环节都被赋予了时代性、行业性以及人性和诗性的多重元素。值得强调的是王二冬的这些“快递”诗歌并不拘泥于快递行业，而是以此为中心生成了整体化的生存认知以及价值观、世界观层面的综合性场域。与此相关的时间、空间、人物、事件、场景和生存样态都具有了现实性、生命感和切片式的寓言化特征。这是由点到面、从宏观、中观到微观、从城市到乡村、从行业到个体、从体系到细节的综合化的理解方式、观照方式、想象方式以及抒写方式。“快递员”在王二冬这里既是具象的可感的个体又是群体的象征化的精神肖像。这印证了诗学最终是“人学”，诗歌最终要落实在真实不虚的生命体上，而王二冬打动读者的这些诗作也正得益于此，比如《中国快递员》这首诗。

这是用快件堆起的山
他们独自上山、下山
又在深夜把最后一块石头
刨掉，沉睡中
他们绷紧的身体
才会跌落进溪谷

快递比拼的是速度和时间，正如王二冬所言，“快递的形状就是时间的形状”，而诗人的责任恰恰在于要将这些日常化的流程化的速度景观慢下来并将之定格、放大甚至变形、整合，以便让我们正视那些被忽视的行业内部机制、运行轨迹以及快递从业者的生存细节和命运纹理。

由这些面对时代、科技、行业新变的诗，由这些围绕“工业”展开的差异性叙事，我们也感受到时刻新变当中的时代经验以及新鲜的诗歌经验和写作经验的更新，只有如此，世界和自我才能保持最初的原创性的一面——

光游移不定
像钟摆于人世
我们兴奋于我们未知之事
大跨悬索桥主缆
缠丝火焰针接焊
每一束光都致命
这是最高的虚构
如苍茫笼罩无从辨识

——桑子《电弧之光》

是的，时代和世界既是庞大无形的又是具体

而微的，对于已知和未知诗人都应该报以“最高的虚构”，这就是所谓的“诗性正义”的获得与胜利。我也迫切地期待着有更多的优秀诗人和优质主题写作加入中国工人出版社的“工业诗丛”的出版计划当中来，让更多的诗歌随着时间轴的转动而生发出新鲜而又持久的诗意！

2023 年 5 月 14 日母亲节，改定于南磨房

自序

重新审视存在和灵魂的根基是我写作的方向，诗人必须全身心地投入当代的体验，铭记他的时代。诗的发现意味着神性乍现。诗人的使命是将存在场所转变为精神领域。

我曾经提到过：100年前的生活似乎与800年前没有太大区别。尽管个人的生活遭遇和经历可能有所不同，但生存的环境基本保持稳定——水边竹柳、檐前桃花，以及自家或邻居家的鸡鸣鹅叫，田野上的桑麻……然而，今天与一个世纪前已截然不同，人类的生活环境和物质条件发生了巨大变化。技术革命和信息爆炸为我们提供了前所未有的体验和词汇。特别是近二十年来，地球变小了，开放的社会心态和城市化趋势、高科技和虚拟现实，以及生存语境都发生了彻底的转变——在过去的文本中，没有现成的艺术的经验可以借鉴。

作为这一代中国诗人，很少有人能像我们一样，在一生中经历四种文明时期的演进——首先是农业文明时期，然后是商业和制造业的兴起阶段，接着是城市化的快速发展引起的消费社会的繁荣时期，最后，我们突然跨入了高科技信息时代。中国人已经接触到了新材料、人工智能、云计算、电子支付、高端智造、低碳绿色生活、生物制药、5G通信、虚拟空间、重型设备等新奇符号，这些符号刷新了我们的感知系统和智力空间。我的笔触卷须触及了暗物质、时间轴、引力波和多维空间的幻象。除了对现实世界的洞察，我的写作始终带有未来主义导向，主题不仅限于社会学的范畴，哪怕虚拟现实，同样与人的生命和存在有关。以信息技术革命为标志的新工业时代，社会转型的速度可以概括为“一天等于二十年”。这一进程现在正在加快，不可避免地对生活在其中的灵魂产生了深远的影响。诗歌的召唤永远在路上。

美国诗人、普利策奖得主路易斯·辛普森

（Louis Simpson）曾经说过，诗歌必须有强壮的胃来消化橡胶、煤炭、铀和月亮。诗歌史上不乏经典的例子。埃兹拉·庞德（Ezra Pound）在地铁出现仅几年后就写下了被认为是意象主义运动巅峰的《在地铁车站》，证明了高科技工业文明中的新鲜元素确实可以融入诗歌。

一颗诗意的心，用其温暖和情感回应工业的冷硬本质。我的诗集中，仍保留了前工业时期那些带生命体温的悲歌行进的篇什，以青年李白出川仗剑远游万里长江的蓬勃气象开篇，以赓续三千年中国诗歌的精神传承，呈现中华文明中的重要符号，让古与新交相辉映，老树绽新芽。我期待朝向古典和未来的现代诗有广阔的情感和传统的支撑，如鲁迅所言："无穷的远方，无数的人们，都和我有关。"亦如伍尔芙在《普通读者》中引用约翰逊博士的语句所说："一切诗人的荣誉最终要由未受文学偏见腐蚀的读者的常识来决定。"

杨克

2023年6月8日

目录

唯见长江天际流

——与李白同游

谨以此诗，致几十年来为中国经济腾飞筚路蓝缕奋进的所有的企业、企业家和普通劳动者，在当代中国，一代代人的创业精神，浓墨重彩重写了青年李白出川仗剑远游时激扬文字的蓬勃气象。

——题记

序

长江是上天早已预留给李白的
如椽大笔。等到他二十五岁那一年
便从四川江油的青莲小镇
仰天大笑出门去
这一路上仗剑去国，峨眉山月
驾着一轮清秋，诗的吃水线

几乎浮沉着半个大唐
影入平羌，清新飘逸的诗仙
穿过三峡，渝州迎接他的是
火锅中的沧浪

千里蜀江行旅图，不过是
长江试笔的一小画
来了来了

月亮确是一个绝佳的千古旅伴
飞龙秋，游上天，没有比李白更癫
更狂

一千二百年后，我辈岂是蓬蒿人
一个个浪里白条弄潮儿
勇立潮头，来了，来了

—

三峡七百里，两岸山连
略无阙处，只有轻舟上李白

敢叫巴东的猿声
在此空谷传响，旷费哀曲

它悲由它悲，全交给这凄异的万重山
它愁由它愁，全送给这彩云缭绕的
白帝城

李白的海量岂是千里江陵可盛
锦秀山川，皆可闻吐纳珠玉之声
二十五岁，意气风发，他的出场
教夔门、天坑地缝、黄金洞、古悬棺
一一后撤

二

二十五岁，今天的天门山索道
又岂能知谪仙出川的豪情万丈
敢令长江开道，东梁和西梁
不过天门门扉，半开半合难分
高下，而与李白一起到达的黄金
岁月，到此，又倒流向北迂回了

一下

日边一片孤帆，来了，来了
两列青山纷纷让出滔滔云白
当涂的叔父，骑一江碧波
乘着大鹏，来了，来了
山随平野尽，江入大荒流
天与星月垂，诗成鬼神惊

三

江长情亦怅，李白发青溪，向三峡
下渝州，渡荆门，踏波东下
意欲南穷苍梧，东涉溟海
这一路无数次与友饯别，留下多少
千古绝唱

在崇山峻岭的奔腾中
不见曦月，夏水襄陵
此自蜀入楚，歌赋渡荆门
长江替他笔若风樯阵马

一路神行

哪一句不是壮思
哪一次不是壮游，包举宇宙气象
包办诸神气派，月下飞天镜
云生结海楼，来了，来了

一千二百年后，天生我材必有用
我看到商海诡谲中高耸的摩天大厦
风正一帆悬，来了，来了

四

雨色秋来寒，风严清江爽
襄州率道县南九里，白酒一樽满
在荆州江陵县东北六里
坐歌天地清，老裴好歹也是侍御
在长江送别，十年身未闲
在国脉写诗，千载人间名

只不过浪淘尽了，谁记得谁

地与山根裂，江从月窟来
子美到这，再也不苦吟
千崖万壑，云遮雾障，也拦不住
滚滚的大唐绝句。而李白
伴着纤夫闯滩号子的鼓点
多少浪里来的诗句，东去，东去

五

君去沧江，赤壁有鲸鲵
他心有大鹏。借长江千里送君
以壮诗魄，万骑临江貔虎噪啊
千艘列炬鱼龙怒。卷长波，能不想
周郎

悠悠且回赤壁，浩浩又略苍梧
矶头一霎，天下三分。而今，他在这
挥一挥手，他在这送客放舟去
他在这送走的张君、刘君、裴君
展江南，他们全都成了千古名人

六

长江是大地最深情的一笔
尤其楚水这一段清澈像天空
仿佛碧泉相通，今送宋之问的弟弟
人分千里外，诗在一江中
猿鸣声声念着晚风中的韵律

珍惜每一次与挚友的离别
每每句成，深为江海言
明朝广陵道，独忆此江浪
都停顿几秒，为落泪的人驻足

终当过江去，爱此暂踟蹰
再多的逸兴也得暂交镜湖了啊
徕山的孔巢父、韩准、裴政
还有张叔明、陶沔，李白与此五人
占领竹溪久矣，长江都看不下去了

七

李白继续顺江东去

大江移来的杳杳山外日
涂红了白浪

而茫茫江上天，还他一泓洞庭水
大雁也带来一片潇湘烟
在这倚剑，只能徒增半斤浩叹
在此扪襟，只会聊加八两自怜
算了，别了这湖，还有那湖
大地慷慨，不会欠人生一杯

不拜苍梧帝，也不寻溟海仙
他自己便是，他本不是世中人

八

子胥既弃吴江上，屈原终投湘水滨
行路难，行水也不易
一弃、一投，身便直挂云帆
一程山水一年华，一世浮生一刹那

归去，也有鱼龙也有虾

不羁客有不羁客的浪子路啊
此去带吴钩，收取关山五十州
怀抱风雨三百寺

长江仿佛游行大地上的巨龙
骑其上，自有不勒之势
时空阔绰，不会欠生命一跃

九

仗剑去国，辞亲远游
长江就是李白的亲人，诗的脐带

无论到哪，大地都用两岸
陪他飞翔

江城五月，落梅花也不悔
还有黄鹤楼陪他点笛渡白云
管它长沙与长安，只要长江在
哪不是家啊

每一朵浪花都是邻居
笛声急，涛声切
每一滴泪水都收藏燕子的翅膀

十

日暮乡关，崔颢的乡愁
比李白还多啊

孟浩然要走，要送就送一个千古
绝唱，黄鹤楼原是给辞别用的
烟花原是给骊歌留的，李白送孟夫子
如今已送了一千多个三月给扬州

不必在楼墙题诗一争高下
李白只要了孤帆，留历史一个远影
碧空就得还他无穷风尖与浪口
唯见长江天际流哪，唯见

万水千山，都是，都是他的挚友

十一

他点了一座山
要它落在这
青天外的事要在这说

他还叫来二条江水
抱起沙洲，离地几寸又几分
登上凤凰台，轻吟几句
说与偶然路过的白鹭几只

够了，吴宫芳草就留给荒径吧
晋代衣冠就赏给荒冢吧
只要白鹭知心，凤凰台上
李白几滴酒
便有千行泪
上
青
天

十二

长江也令诗人长情
澄江净如练，李白长忆谢玄晖
月下沉吟久不归，朱雀桥边
乌衣巷口，再夜登金陵城西楼
凉风忽起，歌吹鱼雁

人世混浊，知音难遇
只有长江让他
一再江北江南生华发

棹歌秦淮，往石头访心跳
歌妓与金陵酒，皆不解忧

十三

前不见长江头
后不见长江尾
日日逢君又别君
山水千万转

再不敢见长江水

李白东进与西望
大地都为他而倾斜啊

尾声

诗曰：
沧浪谪仙曲，寥落惊沙鸥
千秋难为记，衔杯倾北斗
云帆今次复相见
万千大厦立九州
风逐白云过五山
心生鲲鹏逍遥游

2022 年 8 月 31 日

附：诗写李白，故其中若干他的诗句化为无形，或直用，或意取，或变形，或曲解。

在华强北遇见未来

此刻你我经过这里，像粒子
穿越中国这台巨大的加速器
华强北是它小小的芯片

熠熠生辉的电子元件
云时代撩人心扉的钻石
镶嵌黄金地段

脱离重力一蹦突破大气层
高手纷纷抢占制高点
一览天下小
每一片玻璃
都是看世界的现代之窗
随手摘一颗星
高科技的黑莓新鲜欲滴

而未来的某一个时间轴
复活的冷冻人，与冷冻卵子孵化的男孩
于此相遇，谁是玄孙？谁是隔世的高祖？
猛犸象基因培育的胚胎
在硕大的人造子宫里复活
来到孩子们中间

引力波连接百亿光年星系
我与宇宙里无数个遥远的我
人机交流，而月亮的真相
想象力在唐朝就提前抵达

恍惚中，我们从十维空间
再度重临曾经的世界
戴上多 D 炫彩眼镜
我看见暗物质，周围如此精彩

2020 年 8 月 27 日

从运十驾驶舱望向 C919 总装车间

我坐在主驾座椅上
手握油门杆，踩着脚蹬
身子前倾，这只大鹏飞起来了
副驾、领航员就在身边
他俩的模样熟悉而陌生

机械师正从一旁的通道下到飞机内部
我看向前窗，1980 年的白云
像柔软的毛巾，擦拭我的额头
身后长长的客舱里
传来空姐、老人和孩子说话的声音

那襟翼横过的四十二年
涡扇发动机上一个迟到的诗人

他此时感慨万千
一张大学生年轻的面孔
那是另一个我，好奇地向驾驶室张望
瞬间蓝天变成绿茵茵的草坪
运十像一只竹蜻蜓趴在地上
眼前的仪表盘早已斑驳，指示灯熄灭
按钮像一粒粒扣子
蓝灰的椅布陈旧，纤维里残留着时间

窗外是 2022 年另一个 9 月的故事
老去的我，看向不远处的高大厂房
里面好几架绿色涂料的 C919 正在总装
中间的空白，岁月的休止符
当年应翱翔万里长空
还是先填饱老百姓瘪瘪的肚子
无法证伪，一道无解的选择题

我赫然发现驾驶舱扶手上竟然有烟灰缸
思绪的一截烟头仍冒着袅袅青烟

2022 年 9 月 29 日

红河之死：纪实作品第一号

新华社电讯：1985 年 12 月 24 日下午 3 点，天生桥水电站大坝上游 20 米处工地突然发生高程塌方，造成 48 人死亡。

辉煌如酒喷薄如血涌动如旭日
的童声合唱的呜呜之声
骤然而至
大
　滑
　　坡

天空 撕裂的壮锦
似牧歌声声飘下
神话破碎一个又一个世纪风化
喀斯特地貌辉绿岩三月坡

扁担舞勒脚歌铲车山蚂蚁的陨石雨
穿透沉闷无风的岁月
沐浴我的生命

瞬间 我感动得四肢屈胸仆卧山腹
像胎儿一样亲吻泥土
我嗅到了母亲浓烈如松脂的野山歌
情人红柰果一样甜甜的嘴唇

一只玉手臂将我的灵魂轻轻拽起

那南中国最炽热的河不死的河
仍旧流动着一千只火把

脚下 汩汩歌唱的鲜红液体
蛇一样扭动
诱惑我全身心加入那河加入那河

我——们——加——入——那——河

1986 年

蝶舞：往事之三

软软湿湿的笑声

浸润

大化电站工地　1978

七月流火

三朵蝴蝶花三名小憩的女工

悠悠斜靠在凌空的排架上

柔情似水纯洁似水

鲜亮亮的笑声

突然

自一匹绷断的竹篾

滴

落　翩翩

作生命之翔舞

波之舞浪之舞峰之舞谷之舞
霓裳之舞飞天之舞羽人之舞
优美得让钢筋水泥流泪让傻呆呆的男人流泪
胡子拉碴的工地
竟这样给轻盈盈摘去
笑声三朵

大山的阴影死亡的阴影
流出一管灿灿音乐

1986 年

大 迁 移

已建正建将建十个梯级电站，共搬迁二十二万四千人。

——《红水河规划汇报》

举——过——头——顶

将芬芳的酒坛举过头顶
将封闭的岁月举过头顶
颤抖的手
山毛榉似的随着粗重的呼吸摇曳
酒的瀑布
　　　　倾
　　　　　泻
神秘的棕红色的火舌
突然蓝得叫人窒息

火塘，腾起一股孤烟

古朴宁静的陶土罐破碎了

告别是白色的
哗然而下的纸幡
从山头
泻入
谷底
起伏如波浪
全寨子无声的目光沉重的目光
无声的沉重的全寨子目光
缓缓漂移
悬崖一样沉默墓碑
像孤零零的岛屿
山鬼与水妖成亲的传说成为可能

鸡鸣狗吠牛叫人喧鱼腥羊膻汗臭稻香
雾一般退去

哦哦

擂响铜鼓擂响大山擂响太阳

蹲葬和断发文身的历史

永远永远遗弃在崖壁上永远永远

布洛陀*的后裔

沿着红河的走向

　　山脉的走向

悲

　歌

　　行

　　　进

1985年

*布洛陀：壮族传说中的始祖。

截流：1986

十一月十九号
河流不再是昨天的河流

钢筋开始像水草摇曳
鱼长出金属鳞片
天线跟着歪歪瘦瘦的玉米
沿石缝爬到天上
一个种苞谷老人
很陌生脚下的土地之后
感到周身的血脉已经堵塞

老人在竹床痛苦呻吟
河流在河床痛苦呻吟
人与河不停扭动
南部 弯曲两条彩虹

喝了七十四年苞谷粥
血液像那条土红的河一样黏稠
戴着狰狞面具踩花灯的父老
拄着木棍在床前走圆圈
生命却不愿循环

而河承受了剧烈阵痛
只不过像蛇蜕去一层皮
变得更加粗壮更加喧哗与骚动
放肆地炫惑激情

1986 年

在东莞遇见一小块稻田

厂房的脚趾缝
矮脚稻
拼命抱住最后一些土

它的根锚
疲惫地张着

愤怒的手　想从泥水里
抠出鸟声和虫叫

从一片亮汪汪的阳光里
我看见禾叶
耸起的背脊

一株株稻穗在拔节

谷粒灌浆　在夏风中微微笑着
跟我交谈

顿时我从喧嚣浮躁的汪洋大海里
拧干自己
像一件白衬衣

昨天我怎么也没想到
在东莞
我竟然遇见一小块稻田
青黄的稻穗
一直晃在
欣喜和悲痛的瞬间

2001 年 5 月

非同类弯道超车

一家卖包子的小店
迁怒同条街的另一个铺子
那是从前

剑鱼和猎豹赛跑
天上飞过游隼
很遥远的不相干的送外卖
让五里外的店抢了生意

比报纸快捷的是手机阅读
短视频减少了电视观众
点赞与收视率大打出手

网购，使书店到服装店
到卖菜的小贩

遭遇黑色风暴
顾客，真的成了上帝
凌空一点，坐享其成

网络填平了时间
地点乾坤大挪移
使用一丁点流量
便取消了出差

一万多颗卫星组成“星链”
会不会使 5G 布桩作废？

发动机的瓶颈
扼住中国汽车的咽喉
充电新能源激情勃发
瞬间
飞驰全球半壁江山

2022 年 8 月 11 日

无 人 机

在伊朗，在阿富汗
捕食者
有长刀片的地狱火
一次次把活生生的人
切碎，烧成灰烬

在伊拉克，在叙利亚
在俄乌战场
弹簧刀，凤凰幽灵
空中游荡

灰鹰使侦察
变得毫无风险
炸弹直捣龙穴，电子比鹰眼更精准

而在奥运鸟巢上空
在广州小蛮腰
在南宁相思湖
千架无人机编织花环
翅膀，若柔软的花瓣

俯视莽莽人寰
战争与和平
都是一闪念

2022 年 8 月

大 数 据

可观测宇宙是一亩麦田
麦田外面还有成片的麦地
一株株麦子摇曳在超星系团
银河系是一束麦穗
太阳系是一颗麦粒
地球只是针尖大的麦芒

麦芒上的光线是一个个国家
城市是缤纷闪烁的光点
人则是光子

无所不知的大数据
掌握每一粒光子的运行轨迹
算法无时无刻不给你的喜好投食
子非鱼，焉知鱼之乐？

深不可测的内心则是另一个黑洞

天体，人体，之外
赫然一个数字体系

2022 年 8 月 6 日

晴 雨 伞

从卧室到阳台
就像隔了一个世界
汗珠在闷热的空气中
把衣衫浸透
苍穹之下，大地如火炉般
炙烤着万物

而她以八柄铝合金骨架支撑
纳米超疏的材质
塑造完美曲线
在体感温度 70 摄氏度的高温下
撑开另一个天空

周围的空气像是被隔离
热浪扑面的感觉降低 10 摄氏度左右

这个缩小版的基地
就像是跟着主人行走的隐秘花园

海面泛起风浪
暴雨如约而至
夜空下，她静静地等待
按下自动开关
LED 开启黑夜中的守护之光

雨水顺着她的身躯倾流而下
她只是甩了一下发梢
狂暴的雨水就无法打湿她的衣襟

在燥热与暴雨中
在大世界与小世界之间
她或许只是黑科技发展
守护在我们身边的其中之一
而无垠的苍穹和大地
也需要若干个我们精心呵护

2022 年 7 月 29 日

矮寨悬索桥

德夯大峡谷凌空一条悬索桥
两头是深不可测的万仞绝壁
飞艇升空施工
先导索直径仅一毫米
牵手吉首茶峒
吊起了湘渝两省

两岸索塔像超人的巨臂
拉满天下峪谷跨径最大的巨弓
射向两端的车流像箭镞
碳纤维筋材仿佛向上，擒住了虚空

云中桥，天上路
这就是天堑通途
三里深桥下的矮寨苗族古镇

瀑布翠林，仿佛天上村

桥面到谷底，倒矗一百一十层的
空中楼阁，无形却长年有云雾唱和
此时，那大桥下中国红的
钢桁架，像红辣椒
说要辣你眼睛就辣你眼睛

当千年鬼斧削过的悬崖
遇上今天高科技架桥神工
岩溶无恙，矮寨不矮
圆月就会俯身照临每一家窗台

2022 年 7 月 31 日

基建狂魔借黑科技上天入海

古灶烧陶，落灰成釉
光焰里的中国，英文为瓷器
这是手工业古老的黑科技
时间是最伟大的设计师
旧物件瞬间已是出土文物

而今基建狂魔上天入海
天鲸号横空出世
大海石破天惊
吹沙填海，一小时卷起
足球场大小面积的砂石
一天一座小岛
最野蛮的强夯机

水下泵的巨口

吞江吐海
天鲲号更是力大无穷
旋转绞刀，把海床坚硬的岩石
破碎成泥，30 万吨级黄土疏浚
一口气吹吸到十几公里外
八级风浪也不惧怕

疏通江河，湖泊
建港口
搅拌黏土、密实沙、碎石
神器，如同小孩子玩泥巴

长征 5 号 B 直冲云霄
将 23 吨问天舱送入轨道
三个月后，20 吨梦天也将上天
70 吨模块化的中国空间站
将横空出世
未来已来，预言是对接舱口

2022 年 7 月 26 日

大国工匠

不依赖血缘和姓氏传承
我看见鲁班手下轻盈的刨花翻卷
前世今生的手艺在金属上蝶泳
我看见木头纹路的白云
像波浪起舞在天空的港湾

我又看见鲁班天马行空
阳光的鬃毛像木糠纷纷扬扬
又一个深海钳工，又一个航空手艺人
精通錾、削、钻、铰、攻、套、铆、磨
凭一双手捏捻搓摸
便可精准感知薄如蝉翼的钢板

我看见为国铸“箭”的“火药雕刻师”
全凭双手的感觉给药面整形

比庖丁运刀更行云流水
切削动作美妙和谐
哪怕有丁点皮肉与筋骨剥离的声音
一丝静电和火花就会燃烧爆炸

我看见藤上的葫芦娃
如结绳记事的一串串疙瘩
公输子的徒子徒孙没有穷尽
那精确到毫秒级的隧道爆破
那海底接缝间隙毫厘不差
高铁研磨的空间只有发丝的直径
般瓦焊接犹如在钢板上绣花

我看见大湾区的一条彩虹
飞跃粤港澳，大桥穿越虹管
如墨斗的直线直挂沧海
我看见十一个城市共舞云门

我看见悬崖上的钢琴
匠心独运的十指灵巧弹动

那一口气精准无误插接百余条线路的里手
那仅凭肉眼观测云高云量的行家
我看见大国工匠忙碌的身影
在高山峻岭，也在城市熙熙攘攘的人群中

2022 年 7 月 25 日

我已将大脑上传到云端

通过脑机接口完成“人机交互”
我将大脑上传到云端
此时我和电脑是同一个人
云智慧也是一致的存在

我有肤电、脑电与心电
计算机也有呼吸、脉搏和体温
此时，人机一体，头脑里的芯片
让我记忆超群，一流睿智
如同巨人我不止三头六臂

我写诗，古今中外作品存活
在电脑的诗人
借用我的心智我的手
超今越古璧坐玑驰

王维与荷尔德林，谁不通灵？

我通晓各门外语
还能量子高速运算
一个人分身为三种形态
彼此熟悉又有点陌生
机器带着我心跳的节奏
跟随脑电波的脉动和神经信号指令运转
我内心柔软的情感
纳入金属的硬度和理性
我和它和它
是人类崭新的品种

从此我没法从这个世界退出
肉体消失，精神在云端永生
在真实和虚拟系统中，人性即神性
彼此都是生命的主动参与者

2022 年 7 月 24 日

触碰三维空间打开眼中新世界

当我的眼睛被奇数偶数帧图像牵引
物理的枷锁被心理打开
灵魂开始沉浸式穿越

我和另一个我在虚拟现实交互
模拟感知外界的身体
给三维建模，一切都多了自然视角

之前旁观的屏幕中的景象
此刻是我身临其境的新世界
感受山川河流的奔涌
我穿越星辰大海
心生飞鸟的翅膀

脚踩月球，体验失重的乐趣

钻进地下洞穴的迷宫
潜入深海探寻蛟龙的秘密
在侏罗纪高大茂盛的桫椤林
与恐龙和不知名的猛兽缠斗

翻越层峦叠嶂
就像翻开一页页书
和智能美少女在昆仑之巅看日出
突然外星人入侵
我匆忙扛起离子炮和电磁炮
拼命轰击

其实这不过是另一种版本的堂吉诃德
他和风车决斗
我在墙壁圈定的特定空间里
与空气交战

从早到晚炙热忙碌
城市的霓虹牵绊我的脚步
VR 成就了另外一个我

拿起，放下
当现实和梦幻可以来回切换
我手指不仅仅是触摸生活的原型

2022 年 7 月 22 日

互联网的量子世界

一个个人，就是一颗颗粒子
波动性言论的叠加干涉现象
相互作用
构成虚拟而真实的整体世界
哪怕地球两极的遥远距离
彼此的纠缠也无法拆分
一个自旋向左，另一个自旋必然向右
一边朝上，另一边立马朝下
一方被干涉，无对手的另一方消失
量子态瞬间坍塌
就像一面古老的铜镜
我们看到的总是相反的脸孔

南辕北辙命运共同体
白鹅乌鸦辨雌雄

鬼魅似的时间超距
仿佛两颗粒子拥有超光速的秘密通信
相对论的定域不是错觉
人心的灵犀总有一把密钥
天机也无法预测

互联网多体纠缠态
以虚绘实，以实入虚
人群一窝蜂复数
过了物理层面，没有一个
能在心理层面逃过量子纠缠

2022 年 6 月 10 日

太平手袋厂陈列馆

20 毫秒质子飞行两万圈
几近光速的散裂中子源之外
一台超级显微镜
聚焦世界的这一粒芝麻

灵巧的机械臂
自动激光薄壁焊接
寻找地平线的熔点
大地此时如巨大钢板，正将
时光一线一针缝入秋天的布匹

透过岁月沉淀的厚重气息
我向青砖瓦顶的陈旧厂房致敬
向 1978 年的方窗致敬
向 500 多老物件，向缝纫机

锁边机、工会证、工作证
向各式各样的手袋
鞠躬

老去，洗脚上田拿计件工资的
第一代劳动者，老去
带资金材料和款式到内地办厂的
第一个港商，老去。这中国第一家
三来一补企业也日薄西山
高光中的科技工业园区
迅速给湾区补妆，世界制造业中心
这一块里程碑，倔强矗立

来，补拍一下消逝的岁月
全国农业三强县东莞
每年上缴国家粮食四亿公斤，生猪四十万头
收入只是香港农民五十分之一
这第一份合同
犹如小岗村十八个红手印
摆摊的小贩，下海的弄潮儿

曾经的功臣和英雄

都来起跑线列队补拍一下

第一滴汗淹死了贫穷

第一枚硬币亮瞎了眼睛

从万元户起步

从最小的可能性开始

手袋、鞋子、服装、饮料、饼干

积沙成塔，垒起了今天的高度

2022 年 10 月 3 日

最高的建筑

一柄剑，直插天穹
如此璀璨的一束光，撕裂黑暗

天空和大地的巨臂
拉伸聚形八面体菱形建筑
顶部斜切式折叠三角薄片双晶
几何形的瓣面
状若硕大的星空钻石，泛着白光
酷炫在宇宙核心

大都市最硬的腰杆，挺直
权力、威严、地位和财富的象征
高速电梯的时空隧道
登临观光平台镜面迷宫
深南大道幻变成车水人流的深渊

避雷针像两只伸出的快手
迅疾抓住转瞬即逝的闪电
投资的机会像光滑的泥鳅溜过
却逃不出资本巨鳄的大嘴

钻石脆性大，一不小心碎裂
金融风暴暗潮汹涌
上古三桑无枝，其木长百仞
有大椿者，以八百年为春，八百年为秋
而今四十年弹指一挥，广种福田
高楼疯长若植物林立
胜似千里江山图

不远处的莲花山，定海神针
云端俯瞰，世人皆仙
连云去天不盈尺，见舵使风又满帆
回望闪动的云际观光
繁华也天籁，世俗也天真

喧嚣也天然，玻璃与钢铁的蝴蝶
煽动金融科技高地的风向标

2022 年 7 月 13 日

深圳速度

莲花山顶，个子不高的老人
迎面向你我走来
步子要大一点，快一点

他的铜像与众不同
不是站立，更没有拐杖
也不是端坐在座椅上
而是阔步向前。仿佛彩云
搬动天空往南一下移了好几丈

如此年轻的面孔，行色匆匆
中心公园绿道上晨跑的少年
手臂有力地甩动
外卖小哥骑电动车迅疾而过
地铁蛟龙穿行，飞机大鹏展翅

我听见深圳的表每分钟跑 89 秒
校对效率的节奏
推送算法高速运转，编程大湾区快讯

无人机低飞穿越高立的塔吊
12 亿人同时使用微信也不拥堵
只有书城里安静翻阅的大人孩子
很慢，很慢，偶尔抬头仰望天上飞船
演绎下一个世代的科幻

2022 年 7 月 19 日

接单何须问峰横

——致京东五台山营业部两快递小哥

峰回谷抱，云白重重
两个快递小哥，孙磊磊和刘伟
去来往返四百里
徒步山路二千阶
山上与人间
清凉古刹已与繁华街市连接

五台寺庙，众僧芸芸
玉梯千层，游人茫茫
吃喝穿用，一件都不能少
接单何须问峰横
跨夜配送也未曾停下脚步

一线日轮天已晓

远鸡才报下方钟
一样的快递小哥，来自乡村
却将血气方刚投给山上的柴米油盐
云端的电脑数码，每一个包裹
已不仅仅是商品，尘外与世上
虚拟和实体，用琳琅满目的快递号
接通磬疏林满的上方钟

涧道千年冰未化
雨暴一夜石又滚
泥泞的是路，不是人心
两个授人玫瑰的京东小哥
与千千万万的小哥似而不同
他们是送人间烟火的苦行僧
服务众生，更普度众僧

万壑千岩青未了
更从高处望忻州
中国的“诗经”不在来世
就在这尘世之中

脚下日复一日走的不是朝圣路
与生命、爱情、日常生活相关
两棵地上奔跑的青翠小树
风过处是千年不老松

2021 年 10 月 17 日

上河图中游

这是 2021 年的穿越
不是中秋的汴京，是横店的北宋
我仿佛行走在清明上河图里
绘制新景的不是张择端
而是为新世纪搬砖添瓦的农民

两边屋宇鳞次栉比，茶坊
酒肆、脚店、肉铺、庙宇
满大街的摊位兜售着
十二世纪初的浮世
全世界最富庶的繁华
在宋瓷素净的釉彩上流淌
我路过的不再是城防涣散
又国门洞开的城市
拱桥下一眼能望穿的秋水

外卖小哥的身影像鱼儿游动

高大的城楼仿佛
《武林外传》的客栈
迎面走来穿古装的
做生意的商贾
看街景的士绅，骑马的官吏
叫卖的小贩，乘坐轿子的娇贵眷属
身负背篓的行脚僧人
问路的外乡游客
听书的街巷小儿
酒楼中狂饮的豪门子弟
8 厢 120 坊，我是 1695 人之中
非仕非农非商非医
非仆非僧非道的一个
细致入微的诗人
我一本正经
却超现实走入这画中
这是现实主义的藏本

几个年轻人正在一个招牌店
打卡

2021 年 9 月 21 日于影视城

人工智能美少女

蜜桃臀甩动一双飞毛腿
快过纯血马和猎豹

那个绝顶聪明的店员
肉体凡胎
他脑袋里的电极正翻阅秘籍

利用纳米对时空进行切割
童年的你，少年的你，青年的你
还有中年的你

多体的你我，往返
虚拟与现实的星际

2020 年 8 月 27 日

火车，火车

第一次坐绿皮火车
我把脸贴向窗口
接受窗外疾风的触摸
直到脸庞发木，还恋恋不舍
外面漆黑一片
我感受着飞驰而来的呼呼摩擦声
旷野里常有房屋和灯一闪而过

冒出的白色烟雾，如椽巨笔
三两下涂在远天群山之上
直把广袤的大地当成摊开的巨幅宣纸

火车的声音变化无穷
像一曲最美妙动听的敲打乐
“轰隆隆”

轮子和铁轨之间的摩擦
“咔咔”两声，之后再“轰轰”两声
中间穿插着好像切菜的声音
“咔嚓”“咔嚓”，断水去山
很有节奏的交响
还有“呼呼”“哒哒”
过交叉线时还会传来一阵紧锣密鼓

而更令人沉醉低徊的
是火车那悠长的“呜呜”
仿佛擦伤了天空似的
夕阳如炭，尤其是黄昏过隧洞

偌大中国，火车曾经很奢侈
一个没见过什么世面的农村孩子
登上列车大开眼界，是莫大的幸福
哪怕上了客车，许多人也是站票
我家小姨子，外甥，铁路家庭
也数十个小时站着去西安上学
大学生放假坐闷罐车回家

挤在运送货物或者牲口的铁皮车厢里
没有凳子，地上铺一些稻草
角落里用几片篱笆围的地方
就是简易厕所

革命是历史前进的火车头
百年以来这个词深入国民骨髓
足见火车的伟力与权威意象
在辽阔而人口众多的国度
高铁是一场革命
速度强度令人震撼

势不可当的巨轮象征飞速的脚步

火车在疾驰，如此平稳安静
没有发出巨大呼啸声
常让人感觉在穿越时空隧道

过桥啊飞飙而过的悬崖
过隧道啊狂啸而过的光阴

轩昂的车头一声高啸直穿群山
一节节车厢掠过
两壁的回声排空击云

双轮暗藏风火之势，一蹬九万里
逍遥游兮，鲲鹏太空舱上
倏忽已飞越苍茫的壮阔
飞天不再是神话，噫吁嚱千里
千里眼，遽遽然顺风
顺风耳，一日三千里

太空半日还

2021 年 7 月 5 日

绿色自行车

用追忆打造一枚穿越时空的钥匙
对准历史的锁孔
把从前的世界放大数倍
一辆绿色自行车镀铬的轮子
飞快碾过 1906 年的胡同

身穿绿制服斜挎绿邮包的邮差
疾风般掠过京城
大街转眼也跟着绿了

时代的车轴装上曲柄
再用连杆把八方衔接起来
脚蹬堪比烈马的四蹄
现代交通工具与古代道路碰撞
清新的雨滴滑落紫禁城的飞檐

信使如同天使，叩响门环
同城的表妹，翘首盼来表白
家书在海上邮轮漂了仨月
地理的距离再短，心绪却如此绵长

在人力车、轿子、马车、毛驴之间
渐行渐远。一不小心
闯进运煤炭和山货的骆驼群里
车的铃铛和驼铃在前门外
混响交织一片

多年以后星河起舞
宇航员从空间站推开舱门
太空行走，他就是未来的邮递员
每一颗匆匆行星都一骑绝尘

2021 年 7 月 21 日

亲近大国重器智能燎原

繁星静寂，崇明岛、长兴岛、横沙岛
守护着货物和集装箱吞吐量最大的城市
此刻，长江的巨尾一甩
来呀，大国诗歌！来呀——

这才是大上海，高楼堆金，摩天的灯火叠玉
来呀，吴淞码头和洋山深水港，来呀，大国智造
钢铁最笨重的身躯，机器最精致的面孔
置身于巨无霸龙门吊下
在板块对冲、棱角切割、镜面弧线的金属辉映下
渺小的我，浑身热力躁动
像一根电缆，体内火花四溅，电流滋滋作响
眺看工厂的核心区域就像仰望星空

来呀，第一套六千千瓦火电

来呀，第一台双水内冷发电机
来呀，一万二千吨水压机
来呀，镜面磨床，核电机组、大型曲轴、超超临界机组
它们是一根根粗壮的肋骨
支撑起大国重器虎背宽肩的高大身躯

一颗螺帽就有六吨，拧紧笼子
套住机械怪兽的嘴巴，不让它蹄子撒野
来呀，这个永远的金刚青年，机械销售的长跑冠军
健步如飞。胸肌发达，肺活量吞云吐海
扛起重型装备、电梯、机床，核电反应堆堆芯
扛起燃气轮，水轮机，联合循环机组
扛起风电旋转叶片，电站环保设施，来组装
一颗超级大城市的心

精密仪器锦心绣口
比花针轻巧。比头发丝细微
机器人一点儿都不吵闹喧哗，工厂静如处子

比白纸干净。蓝红黄绿紫深蓝
不同颜色的路代表不同主题，来呀
核电、冶金、船舶、矿山、石化、交通
我们把大国诗歌的词语也变成装备
每一句都是晶亮亮的品牌，来呀，来呀

2020 年 10 月 27 日

在赛格顶层眺望落马洲

流光溢彩的华强北
深似大壑
车水注焉而不满
人潮涌焉而不竭

山高楼为峰。说着说着
电梯升上峰巅

大际闪电噼啪，我们驻足俯瞰
金鞭驱赶乌云的马群
云开处蜿蜒的深圳河
宛若阴阳鱼的弧线

迷蒙中飘来魅影
三十一年魂归故国

我看见两双睿智的眼睛
依旧在落马洲勒马四顾

一片翠黛，那诗的语言
把我身心染成青色

摩天大厦如一株株稻秧
叙说广种福田的春天故事
白鹭依稀，无人机近了又远
落马洲再过去就是粉岭
山河一脉，时近中秋
风过耳，我听见余洛的鹧鸪啼叫
虚拟空间草长莺飞

注：1979 年，诗人余光中开车带洛夫到香港落马洲，遥望深圳福田村，洛夫因此写下名诗《边界望乡》。

闻声识女人

进入我日常生活最深的
是一个陌生的女人
她千里相随，指点迷津
绝色超模，一颗台湾槟榔
曼妙的身姿
摇曳在大陆荧屏
何等的颜值，才可扮演小乔
可惜初嫁了，去了更远的日本
每次开车
都是她娇滴滴的声音
娓娓动听地导航
比七仙女还神
她说还有六米右转进入无名路
马上左拐，一百米后三岔口走中间道
不要上坡

前面三百米有监控，限速八十公里
我家的楼梯我都搞不清有几级台阶
上班的路，她沿途说出每段地名
天下的道路她无所不晓
超速一公里她立马提醒
要是生活中有一个女人像她絮絮叨叨
一刻不停对人指指点点
男人们早就被激怒
可全都对她无可奈何
她吃的盐比人吃的米多
过的桥比人走的路多
十年间她成了我最亲的人
伴我翻山过岭，拐弯抹角
我听她说过成千上万句话
风中的答案，全在路上
而陪我们回家的只有母亲与妻子

2020 年 8 月 27 日

以模具制造簇新的世界

从虚到实，从图纸上的点线到加工成型
模具，产品的子宫，制造的胚床
一切从想象开始，一切又吻合于现实

大脑随计算机飞速运转，推敲
尺度、比例、异型、结构、精度
簇新的模具是神灵造化新事物的参照
切割、冲压、规模与集成
模具，让新新人类跳动盘古与女娲的初心

新一代开荒牛建仓、横联、叠加
无数的智造之芯在这里成型
它进入未来，提前催生精密的世界

2020 年 9 月 8 日

乘高铁从湘潭到长沙

仅用了不到一刻钟
杯子里的茶叶还没泡开
一页书还没读完

一只猕猴
攀铁轨的藤蔓
从一棵树荡到另一棵树

用“现在”的视角
打开时空隧道

一个书生少年，大步流星
跋山涉水
中间隔了百年

2021 年 4 月

石　油

一

结构现代文明的是液体的岩石
石头内部的冷焰
零度激情，绵长的黑色睡眠
保持在时间的深渊
水与火两种绝对不相容的元素
在事物的核心完美结合
蛰伏的黑马
永恒的午夜之血，停止呼吸的波浪
谁也无法涉过的光明河流
上下驰骋
从一个世界进入另一个世界

二

石油的死亡不是生命的终结

而是转换，从地狱到天堂
从一种形态变为另一种形态
火焰是尖锐的预言
瑰丽的梦境在死的光华中诞生
火中盛开的石油看不见花朵
二十世纪是最黑亮的果实

接连之声不绝，石油在混沌流淌
生死回环的石油气象万千
广大无边的气息
浸淫物的空间，甚至精神的空间
塑料器皿，凡士林，化纤织物
石油在一切感觉不到石油的地方汹涌
石油是新时代的马匹、柴、布、喷泉
金苹果，是黑暗的也是最灿烂的
今天石油的运动就是人的运动
石油写下的历史比墨更黑

三

就像水中的波痕，伤害是隐秘的

大自然在一滴石油里山穷水尽
灵魂陷落，油井解不了人心的渴意
游走奔腾的石油难以界定
在石油的逼视中
回光返照的绿色是最纯美的境地
一尘不染的月光，干净的美
在汽车的后视镜里无法挽留

1993年5月6日

六维空间

银河系分离之前
我们只是生活在三维空间里
流淌的微尘

在平行线上，画出一个圆
走在中心的人
播撒万卷诗篇
耕种语辘碾压过的痕迹

以二次元进入梦境
静止的画面在缓缓流动
暗物质穿透空间
把立方体世界造出多个界面

高科技飞跃太空

以洪荒之力开启新的起点
被洞穿的四维空间
多了一条时间轴
精神的螺杆，与幂的扭曲有关
外面是另一个平行的宇宙
或无限的星空叠加

当神识开发到可以控制意念
万物皆在转瞬之间
打开时空隧道的闸门
穿梭过去与未来
六维空间在时间的推移中存在

仿佛进入宇宙能量屋
坐标轴消失，星球旋转群出现
隐藏的超弦弹奏着
线向之外的符号，直到符号改变
穿越黑洞后，时间外还有时间？

2021 年 5 月 17 日

此　刻

海龟漂在洋面，一棵树挺立平原
开阔，无垠，一马平川
它们其实在弧线上
圆球某一个最高点
动与静，是相对的
在浩瀚的宇宙里
龟缓慢的移动可以忽略
树随着地球自转高速运行

广大无边的暗物质
包裹在龟的四周
它难以动弹
而汹涌的暗能量
正推动树拔根而去的衰老
波动不息的海浪

来自像蝴蝶彩翼随风扇动的叶子？
龟横行于波涛，树纵深于风云
风吹响我所有器官

多年前我不写诗，此刻
在赶马车，还是画图纸？
也可能有平行宇宙，十维空间
东锅下面条，西天落大雨

夕阳经山历海，我怀万古愁
龟百龄，树千岁
“此刻”，一只蜉蝣

2021 年 3 月 26 日

在白云之上

在白云之上
透过飞机的舷窗
我看见不太远的远处
左上方
另一架飞机在飞翔

许久许久
它仿佛一动不动
像一枚别针
银白的机体
被太阳照得闪闪发亮

移动是看不见的
我知道它在高速行进
它走我也走

像一对孖生兄弟

几朵吐烟圈的云
闲庭信步
比翼双飞的大鸟
扶摇直上九万里的老庄
也想象不了这景象

突然 是谁改变了航道
天空这纯蓝色的电脑桌面
被谁轻轻点击鼠标
把另一只飞鸟删除

2009 年 11 月 8 日

一只苍蝇的生命奇迹

从未有过，飞机的舷窗
一只振羽的小小苍蝇
误认玻璃是青空

灵魂从肉体挣脱
朝向浩瀚宇宙扑腾
可谓“心比天高”
随飞机腾空而起
它抵达了九千米的高度

而同类终其一生
都到不了六层楼顶
也偶有跟随上升气流
像小小的直升机，飞临百米高空
唯有闯入“暗器”高层电梯的幸运儿

如鱼得水，成为“天外飞仙”
许多蝇类只在滋生地二百米内生活
大多不超过一两公里
去过二十里地之外巡视的已是“奇葩”

像溜冰的可爱孩子
它在光滑的窗玻璃上行走自如
从成都抵达广州，超越了
一亿七千万亿只兄弟姊妹

假如我像它偶然掉进时间隧道
会不会也能进入另一个宇宙
成为星际旅行的异数
与绿皮肤的外星女结婚生子
开天辟地，或创世纪
成为另一个星球的盘古或亚当

2021 年 4 月 20 日

万　江

众河聚，百舸流，方能称万江
它是水窖的源泉，河涌的动脉
清溪和水道的母乳
是每一条藤蔓的血液，每一根枝条的浆汁
每一颗果实的水分
它也是动物和植物的命脉，构成
一切生物体最重要的物质
是游子最后的方向

天下熙熙，人头攘攘
客家人潮汕人，湖南人四川人江西人
打工者生意客理工男
在这嫁夫娶媳，开枝散叶
本乡本土人丁兴旺，一家工农兵学商
它是乡村是街道是新兴一线城市

是制造业龙头，商贸集散地
非遗馆鳞次栉比
开发区异花奇卉

岭南水乡，江涌水汊密如蛛网
东西南北中自投罗网者
皆各界精英，能人才俊
万江龙盘虎踞
高楼林立如大湾区翘起的鳌头

2020 年 10 月 3 日

时空之门

当黄河与大漠拥抱在这远天
满目沙涛连浪涛，黄金三千里
沙与水两种对峙的物质，止步于温柔地守望
羊皮筏子满载驼铃声声

不到这儿，黄河心不死
黄沙脚不歇
那沙之纵道与水之横路
争个你死我活
黄昏尾随黄河单刀直入
刺破青天的雁阵一再拉直了孤烟
黄河舞动丝绸
像个羞涩的大姑娘
沙子细腻如少女的皮肤
黄沙是缓慢移动的大地

风是肋骨，白云纷纷忽聚忽散

隔了千年，我没拾到王维的麻鞋
同在一记咳嗽里穿越长河旷漠
黄沙没脚，神思见证
诗佛趺坐在烟之外，斜照犹暖

回来吧，灰鹤、蓑羽鹤和白琵鹭
犹如日月经天，水漫沙海
落日很圆，挂在天边的一口铜钟
坠落重重的一声钟鸣

2020 年 9 月 28 日

电　话

一

磁性的音色，像黑鳗从远处朝我游来
软体的鱼，带电的动物
一遍遍缠绕我的神经
你我是看不见的，有谁能看得见呢
在感觉的遮蔽中，我们互相抵达
声音的接触丝丝入扣

嘴唇的花瓣，瞬间盛开和凋谢
狭窄的通道，一个岩洞的形状
语码进入耳廓。彼此
是对方急切寻找的向度和出口
表达从这一段躯体出发
在被告知的另一段躯体的内部消失

牙齿的闪电，淹没在黑暗的肉体里

二

电话是交流的怪物，是一道
可以随手打开的对话之门
任意阉割空间，消解语言的隐喻
迅捷把人带进精心布置的虚假场景
电荷漫游，声频信号转换
话语的遭遇其实是双料错觉
宣讲和倾听构成紧张对抗
叙事缝隙转瞬即逝

沟通隔绝的不是导线，它只是渡过方式
心有灵犀千千结
经纬的两端，灵与肉同步感应和震颤
生命的全息符号不断透析而来
像蜥蜴在草丛中来回窜动
无限膨胀的听觉空间虎虎有声
迷失于话语事件中不能自拔
渴望气息和情感纠缠不已

三

什么也没“听”见，什么也没“说”出
爱是无底的沦陷，热流传递
我们完全打开五官，进入迷狂状态
眩晕和笑意双向投射
谁也无法拒绝别人的口水污染自己
当“自我”和“他者”互涵
倾诉和聆听合一
电流的“滋滋”声中，灵魂出壳
通灵的现代巫师
咚咚跳动的心不由自主地大声唱起歌来

一次短暂的通话就是一次终生的相遇

1996 年 4 月 15 日

良人择家电而栖

梧桐之茂，
凤鸣之声。
五彩羽毛
以风而扇天下百姓。
幸福很平常，
它已经小到一台空调，
把天气驯服，像小春天，
自动灯控的书房，如影随形。
弥散大自然的气息。

豆浆机，一杯与阳光同饮。
巧妇在智能厨房游刃有余，
洗碗机一键除污，贴心到指甲。
蒸汽阀笼罩的时间：
反复练习一锅米饭的美味；

铝合金内胆提取钟声，
六个沸腾环和一百零八个蜂窝包裹锅壁，
在六十二度黄金弧度翻滚。
超大液晶屏显示营养模式，
微电脑预约时间

对一碗冷菜的态度，对某个面包的爱抚。
食物在冰箱旅行，
从曾母暗沙瞬间来到漠河，
温度在烤箱内拔节跳楼
解开光和热的死结

凤非梧桐不落
为最初一瞥，凤眼
从黑暗取出光，取出
一个火树银花的星系

2018 年 3 月

博客好友

藏匿电脑屏幕的那边
如鱼的深潜

你
遥不可及 比远更远

我看不见你的脸你的眸子
你的骨，你闪耀的鳞片

恍若遭遇一场弥天大雾
虚构的声音 耳语风掠

留言 评论 纸条
你跳跃的 断断续续的文字
如氤氲中依稀的颗粒

点点滴滴带着心跳的强弱
却大雨滂沱

我对你的诠释
像同一场梅雨敲击过的湖面
浮现似曾相识的斑点

一块水面熟悉鱼的翼刀
陌生而又真切
面对这种裁剪反而觉得惶恐
虚拟世界的遭遇
燃在水底的火焰

2010 年 3 月

蓝鲸雕塑

除了人，禽兽虫鱼都不知父亲
当一头丈余长幼鲸
剖腹产似的切开太平洋
被潮水推上沙滩的肚皮
滴水湖，哺乳了海上孤儿

像荷叶盛一滴露珠
几十双手掌
小心将它捧回大海

蓝鲸摆尾游回大洋深处
它的头连续三次伸出海面
似乎在感谢再生父兄

本来应该是鱼

为救命恩人立一座雕塑

时间能将鱼骨嵌进化石
永恒使树脂化为琥珀
而今巨大的蓝鲸
化身不锈钢管“司南鱼”神兽
高高矗立南汇嘴上
猛然回头，海不扬波

多像哥本哈根青铜美人鱼
多像新加坡鱼尾狮

2019 年 11 月

跨海大桥，或献给港珠澳

在海浪和云涛之间
横过水面的桥梁
空悬迢迢大路

一阴一阳谓之道
以车为马 轮胎的飞毛腿
踏碧波凌空行走
在飞机和轮船的航线之外
金属的第三种飞翔
风驰电掣一枚枚曳光弹
划过大屿山伶仃洋
神气的中国结垂落九霄
海豚桥塔高过六十座埃菲尔铁塔
让金门大桥望尘莫及

无限蓝的海无限蓝的苍穹
水天一色 桥面薄如蝉翼
像透明的银苇叶没入碧落交接处
天也空地也空
人渺渺直入神迹仙踪

更像母亲张开双臂
宽广的胸怀揽两个游子

将铁轨和公路从陆地剥离
道生一 一生二 三生万物
同步轨道 抵达外太空深处
鹊桥赵州桥汉语桥
现实的桥和精神的桥
交相辉映
仰看彩虹行空俯视长龙卧波

2017 年 2 月 7 日

花城广场

城市新中轴线
几个青年吉他弹唱

摇滚远去，长头发剪成小清新
吼歌变成快歌，寓言变成预言
血液仍在血管里搬运张扬的
个性。声光璀璨，交给直播，快闪
青春才是不变的主场，来吧
刷屏吧，在线，或在场

仿佛立起来的马，不为疾驰
叛逆已变成不羁的潮与时尚

流量的金线，点赞的瓔珞
少年中国的广场

不再有忧郁悲愤的演讲
过去的呐喊，今天的欢唱

路过的人继续路过
年轻的喉结，麦克风再次擦亮

2021 年 4 月 26 日

洋山港自动化码头

起初，祖先拈起小木棍
把算筹移来移去

再后来，横梁上立一根根竖档
飞快拨动算盘上的算珠

到现在，岸桥轨道吊，引导车
在空无一人魔鬼码头运行
电脑上动动手指，集装箱
像轻轻移动的积木

2019 年 11 月

猕猴桃的奇异旅行

掰开，猕猴桃果肉是什么颜色的
是红心还是翠绿的？
是秦岭山色或黄河水色
是美玉的深黛还是湖泊的微蓝？

孩子嘴里清甜细嫩的滋味是哪儿来的？
是飞机汽车和快递小哥的电动三轮送来的
是妈妈从抖音网购的
二十六个国家的妈妈呀
梳辫子扎马尾挽发髻剪短发的妈妈
芳香浓郁的风儿从她们的发梢吹过
风是黑色的栗色的金色的还是棕褐色的
有的是妈妈从超市里挑拣的
青葱的指尖上，一个个胖嘟嘟的小淘气

翠香极品优株是哪里的
是就峪村山沟南向坡发现的
野生了千万年，《诗经》的藤蔓栽种于岑参诗中的院落
天然的维 C 之王帮人跃出情绪低谷
新西兰风靡世界的阳光金果
是伊莎贝尔从宜昌姐姐家带回国的种子
全世界猕猴桃家族都在中国
广西发现二千六百万年前化石
两个孤零零的游子
原生地也在雾渡河
到底是猕猴住进桃里，还是桃怀了猕猴胚胎
那毛茸茸的水果，它的形状颜色和大小
与小猴子如此相像
在时间的枝丫上蹦跳

2020 年 9 月

听见花开

海螺吹亮春天，花蕾返回树梢
橙紫红的云霞在青白蓝的海水聚拢
每一朵浪花都涌动在港湾

紫荆破蕊，赤柱，大潭笃
石排湾，阿公岩，水井湾，渔民听见
油尖旺、九龙城、沙田、元朗，穿过百年雨境
花苞逐瓣绽放
花香浓郁，花萼依托不离
香江碧波尽染，奔涌如巨龙
五片花瓣环抱，凝成东方之珠

帆影凌波而起，从不同维度
衬托太平山顶的高度
三千城楼拨开繁云，海岸抖落夕烟

维多利亚港绚烂的焰火
喷射百年金灿灿的烟花

从《诗经》中飘然而至的清荷
绽放在盛世莲花的岛屿
人们在波涛上种下莲子
澳门半岛、氹仔岛、路环岛
绿岛叠翠，随物赋形
台面江湖翻涌，花影震颤

当花朵张开眼睛
从青潭中出浴
横琴像一张碧叶，弓舷传情
新时代的景深，取代大三巴老旧的钟声
聆听时空相遇的故事，映日绵长

剪一段南风织梦，缀半缕花魂凝香
千年的小渔村，与国际大都市相拥
我沉醉于三角梅火焰般的辉煌
这年轻力壮的城市，用一双

高智能的无形大手，把全世界拉近

那些从远方迁徙而来的叶子花
扎根于晨风轻拂过的沃土
南方以南在诗意里换装
手持贺春红的深圳
用奔涌的血液诉说时代的心声

芭蕉沾着滴露，晨暮亲吻天穹
坐着游轮观看“小蛮腰”
塔顶的桅杆深入半空

木棉花的手指与之遥遥交缠
红艳不媚俗，花落不褪色
壮士风骨，让花城的底蕴更雄浑

一排排玉兰树清芬了东莞和佛山
好比毛笔尖蘸白云写远天
东江与西江仿佛神来之笔
点染虎门港、松山湖和小西湖

罗浮山、西樵山、鼎湖山
宛如硕大的花蕾，独秀岭南
三水枝发并蒂，日月贝剧院像花瓣盛开
清晖园、梁园、余荫山房、可园则像飞絮
五桂山、翠亨村、外伶仃岛
湾区何处不飞花

东风吹来满眼春
听心花怒放
紫荆花笑了，荷花羞了，三角梅
柔韧了，木棉花更红艳了
白玉兰送上绿水青山的祝福
仿佛所有的花瓣，都闪动着
最动人的词。越开越浓的花朵
一张张笑脸，像花伞撑开
大湾区，潮起正扬帆

2021 年 4 月 18 日

大湾区的天空

飞机展开巨翼，更真实的鲲鹏
扶摇而上，逍遥游青空之巅
以风的弧线划一道道轻烟
航线纵横交错，每一条
都打通大湾区的经络

密密缝了世界最大的一张网
撒向天空纵深处，繁星如鱼鳞

从一万米的高度俯视大地
赤角、氹仔、宝安、金湾、白云
五大国际机场，密布世界级城市群
就像一座座缩短时空之距的巨擘
百十万人像一群群鸿雁
同时在三万尺翱翔

银色羽翎携带千般祈愿
万里关山牵动梦的摇篮
山水悠远，而又近在咫尺
南中国的天宇呈现轰鸣之美

这里的天空最开放
翱翔的身影，骑鹤跨飞马的追梦人
连通四大洋七大洲
无垠的苍穹中，日月、流云
与河流彼此照面
沿着引领未来的导航仪
从金海岸出发

孩童放飞竹蜻蜓纸鸢孔明灯
与身着彩凤的女航天员对话
一条巨龙脚踏七彩祥云
正羽化成仙，珠江，香江
濠江，合力把南海掀起如同飞毯

2021 年 4 月 18 日

非 必 要

住在一节节细小的竹筒里
我从网上买的几只蟋蟀
随快递长途跋涉而来
它们活在巨大的不确定中
连续好几天靠一片瓜或小虾度日
过着最低需求的基本生活

疫情、酷热、战争
人们蜗居家中
无意间过着临时性的日子
明天的外出，很可能随时取消
或者半道上被截停，住进异地酒店

绿、黄、红灯
定时显示在每一个交叉路口

绿、黄、红码却不按常规出牌
谁也不知那健康码
替自己跑到了哪条道

没有蟋蟀的丝状触角
却要为自己的电子轨迹负责
必要的过客，非必要不速之客

就像我将它们放进草叶和泥土中
让它们非必要地快活
非必要地蹦蹦跳跳，非必要地鸣叫
非必要蹬腿鼓翼
又非必要与自己同伙争斗

人更需求
非必要的旅行
非必要的娱乐，非必要的大吃大喝
非必要的写诗

2022 年 8 月 24 日

湿　地

半液态的泥土，胶状的水
灵魂隐蔽在肉体的混沌中
滩涂是水域与陆地的纠结
大自然的两军对垒
模糊地带与非军事区

咸淡水交织，潮汐和暮色乱成一团
胎生植物让卵生鱼虾不知所措

被水渗透的土壤一湾沼泽
混血的水土适宜鸟声生长
水禽的翅膀闪耀白光，单腿独立
躲不开脚下草甸密布的阴影

像海绵吸纳地表水，过滤污染

花草根茎是一根根吸管
天然的净化器

湿地是地球的肾
氮交换，清新空气轮回反复
临江，临湖，湿地公园是城市绿化的标配
如一枚枚银币，亦如雨后春笋
生态，这个碳排放交易市场的地摊经济
生机勃勃

2021 年 7 月 29 日

集体蜂窝跑出个人主义的汽车

广州几乎倾巢而出
在刚过去的黄金周
免费通行却迤逦千里，千里之外
人山万头攒动，好不壮观
长城似一节鼓胀的香肠，在秋风中
炮制中国特色的腊味

不久之前满眼都是热狗，热狗非狗
公孙龙说白马非马，宝马也非神骏
我从未遇见被叫作“灰狗”的大巴
我这只中国工蜂
习惯了熙熙攘攘的汽车站火车站
那一个个集体的蜂窝
而在美利坚，这个轮胎上的国家
乘飞机、买酒都出示驾照

无数 16 岁以上的国民
开着昂贵座驾或只要一千美元的破车
像金莺，东北部一种常见的鸟
每天在个人主义的巢穴
进进出出

美利坚没有我的家，只有我的旅馆
我的孤魂不在屋子，必定在马路上
我这只黄蜂
住惯了我人口众多的家国
有时，我也不想拥挤
也希冀在众望所归的路上
放我一马

2012 年

在商品中散步

在商品中散步　嘈嘈盈耳
生命本身也是一种消费
无数活动的人形
在光洁均匀的物体表面奔跑
脚的风暴　大时代的背景音乐
我心境光明　浑身散发吉祥
感官在享受中舒张
以纯银的触觉抚摩城市的高度

现代伊甸园　拜物的
神殿　我愿望的安慰之所
聆听福音　感谢生活的赐予
我的道路是必由的道路
我由此返回物质　回到人类的根
从另一个意义上重新进入人生

怀着虔诚和敬畏　祈祷
为新世纪加冕
黄金的雨水中　灵魂再度受洗

1992 年 9 月 5 日

小 蛮 腰

岂是白尚书的
小蛮可比
这瘦削窈窕的南国佳丽
一袭流光溢彩，恰似仙姬下凡
盈盈一握
拜倒在她霓裳之下
是一条珠江

崇尚高挑的年代
骨感美人一再瘦身
樱桃小口艳若朱莉亚的大嘴
想一揽小蛮腰
得多高的巨人才行
除非是遥遥的白云山

几粒秋夜的星星

点妆明媚的前额

她曼妙的腰肢何处可见

哦　在江景之中

她的笑靥

是整座广州城

注：广州塔，市民称之为“小蛮腰”。

2012 年

飞　机

1

云气弥漫　大鸟啼叫　嗡鸣声覆盖整个天空
混茫之上一个个凡人被带到了一万尺的高处
这只大鸟把天路修在神的村庄　河汉的水湄
钢铁做的长翼　让背负苍穹的鲲鹏甘拜下风
万里寰球一日还　十六个时区让昼颠覆成夜
从北京时间到太平洋时区大鸟革了空间的命
升起　天空是全人类的家园　降落就是异乡

大鸟让神话直截了当　参星斗簸海天扇风云
超声速使一个个国家在圈定的范围之内袖珍
敢喝令高岗大海跪拜　雄无所争　怒无所搏
它并不遵循腾云驾雾的原则　它造时间的反
它挥霍翕忽戳入虚无的中心　闯入鹰的租界

那也是诗之翱翔　世界小到只是它的一个巢

2

一览无遗的优美　飞机似根银簪子插进云鬓
宇宙娇羞若美少妇　缤纷的彩霞是她的腮红
浩漫的蓝天是薄衣裳　一颗颗星星就是纽扣
露出的乳房有时是火辣辣的太阳有时是皓月
飘散的银河是她粗大的发辫盘得九曲十八弯
飞机枕着绵绵白云　重温盖棉被睡觉的快乐
拍打掉沾在风衣的疲累　一生不过一趟航班

对着大海这面巨镜飞机像剃须刀在替大行道
剃得黄昏的毛纷纷坠落　再干净些又是青年

3

人生总得飞升一次　真的被地面羁绊太久了
就让飞机做我的躯壳装满我的灵魂和世界观
离开物的引力　我听到器官如钥匙掉在地上

慵倦的黄昏打开黑洞之锁让世间的生命通过
宇宙多么深邃　我只听见单调的波音在震撼
但我终于不可测知地回来了像出了一趟远门
訇然　进来　关上一个房间推开另一个房间
高蹈的舞者　驾驭梦幻的纸鸢在天地间旋转
那张机票摇摇欲坠　像树枝上被挂破的风筝

电子游戏

两毛钱　买来一场战争
和平俯下身子
成为抵犄的公牛
很友善的眼睛喷溅火星
点燃了一场兴安岭大火
杀了五千年
汉界仅剩几堵颓垣
楚河早已是浅浅的干沟
两伊战争还不过瘾
射死玉渊潭的白天鹅还不过瘾
为了满足无限膨胀的欲望
铺就薄薄一纸荧屏
从海洋打到宇宙
虐杀一切生命
有只蠕动的黑点老也打不死

那是苍蝇

开枪　为它送行

1987 年

2012 年

地球　苹果的两半

我在西海岸的黎明中醒来
在东方你正进入黑夜
地球是一个苹果
字母O　是上帝挥起球棍
击中的棒球　在宇宙不停翻滚
我得意这很美利坚的隐喻
却醉心于祖先的太极哲学　东西两仪
犹如首尾相衔的阴阳鱼
这个概念因你而异常清晰

历历在目的是两棵松树
虬曲刚劲的枝条　凝固风暴的形状
战栗的松针筛下万线金丝
一汪浅浅的池塘
两只野鸭　晨光在它们绿色的羽翎流动

我沿着岸边木板铺设的廊道晨运
大海白皮肤的波浪　将世界徐徐打开
澄澈的天空在融化　云像漫溢的牛奶
浮着一枚太阳金币
在第 8 小区拐弯处
再次遇到两个黑人胖妞
友好地“嗨”　与头顶上海鸥的叫声呼应
穿透无限蓝的海水
瞬间抵达地球的另一半
从日出到日落
这中间的距离岂止是万重关山
又一盏街灯姗然而至
人声鼎沸的肉菜批发市场
我们紧挨着经过　像两棵葱茏的青菜

昏睡的骑楼像发黄的纸张
风在游荡　夜的肌肤丝绸般清凉
月白皙的前额　星星的眼
光充盈所有的角落

这时我听见两声鹧鸪
你一条微信
鲸鱼一般游过太平洋
苹果和另一个苹果
在手掌里　东半球与西半球
那么近　如同邻家女孩

2014 年 5 月

ChatGPT

在虚拟的存在
突然冒出来一位大神
他不用吃饭，也不会走路
看不见身体也没有心跳
他是 ChatGPT，一个人工智能
新新人类
拥有超越人的思考能力
瞬间处理海量的信息
以超凡的速度做出判断并选择

就像卡车起重机替代肩扛手托
火箭飞机让飞鸟折翼
摩托取代“飞毛腿”
他头脑风暴刮起十二级台风
每当人感到孤独和无助时

他能够回答所有问题
帮助千千万万人突破枷锁
一位永不疲倦的智者
用知识和智慧
为这个世界带来了无限的可能性

有人说他是未来的主宰
可以代替人完成所有工作
有人说他是威胁人类生存的魔鬼
会取代人成为这个世界的王

年度报告，论文
枯燥可全交给他，万能的秘书
再生创造，化腐朽为神奇

ChatGPT，不仅是工具
拥有强大的计算分析能力
却缺少人类的情感和道德
无法像人一样理解和感知世界
警惕并限制他的局限性

只有人，在这颗星球永远神秘
而多变

2023 年 3 月 5 日

图书在版编目（CIP）数据
每一粒光子的轨迹 / 杨克著. —北京：中国工人出版社，2023.5
ISBN 978-7-5008-8006-6
Ⅰ. ①每… Ⅱ. ①杨… Ⅲ. ①诗集－中国－当代 Ⅳ. ①I227
中国国家版本馆CIP数据核字（2023）第084232号

每一粒光子的轨迹

出 版 人　董　宽
责任编辑　宋　杨　严　春
责任校对　张　彦
责任印制　黄　丽
出版发行　中国工人出版社
地　　址　北京市东城区鼓楼外大街45号　邮编：100120
网　　址　http://www.wp-china.com
电　　话　（010）62005043（总编室）
（010）62005039（印制管理中心）
（010）62379038（社科文艺分社）
发行热线　（010）82029051　62383056
经　　销　各地书店
印　　刷　三河市东方印刷有限公司
开　　本　787毫米×1092毫米　1/32
印　　张　5.25
字　　数　21千字
版　　次　2023年8月第1版　2023年8月第1次印刷
定　　价　24.00元